KB196819

올챙이
발가락

겨울

2024

돌

속초 대포초 4학년 김류원

나 안 해!

스케이트 안 타!

고구마 안 먹어!

수영장도 안 가!

감도 안 따!

춤 연습도 안 해!

독서 토론도 안 해!

난 안 해.

난 아무것도 안 할 거야!

새로운 건 다 무섭고 귀찮고 하기 싫어.

난 돌이 될 거야!

2024. 10. 25

설악산 어느 바위 굴 밑에는 30년 동안 꿈쩍 않고 앉아서 도를 닦는 늙은
스님이 있다고 들었다. 머리에는 새가 둥지를 틀고, 수염에는 푸른 이끼가
끼었단다. 돌이 되겠다는 김류원을 제자로 추천하고 싶다. 감 꽃

겨울 자전거

양산 평산초 5학년 류광민

심심해서
형이랑 자전거 타고
회야강에 갔다.
겨울잠 준비하는 다람쥐
같은 방향으로 가는 오리
다람쥐와 오리와 함께
자전거를 탔다.
자전거를 타면
어디든지 갈 수 있을 것 같다.

2024. 11. 12

'함께'가 주는 힘으로 더 멀리 달려가는 자전거. 살 구

눈썰매장
김해 수남초 4학년 황가영

썰매를 타고 내려갈 때
'수욱'
아주 빠른 속도로 내려간다.
"으악!"
주변에 보면 다른 사람들이 소리를 지르고 있다.
그때만큼은 나만 다른 세상에 있는 거 같다.

2022

신나게 눈썰매 타고, 온 힘 다해 눈싸움하고,
나무 흔들어 눈 벼락 맞고, 온몸으로 눈밭 뒹굴고.
겨울에만 갈 수 있는 나만의 다른 세상. 살 구

도토리
고양 덕은한강초 3학년 이아영

동글동글 도토리
또로록 데굴데굴 도토리
통통 도토리가 부딪힌다.
도토리 안에 들어있는
맑은 공기.

2024. 10. 18

도토리를 손에서 굴려 보면 보인다.
도토리 한 알이 품은 맑은 세상. 다 람 쥐

소나무 잎만 여름
고양 덕은한강초 3학년 변지윤

날씨가 소나무 잎을
떨어뜨리려고 하면
소나무 잎은 가시를 바짝 세우며
안 떨어져요.
소나무 잎의 초록빛은
막 여름이 되었을 때의 쨍한 초록빛이에요.
소나무의 뾰족한 잎은
날카로운 바늘 같아요.
아직도 소나무만
여름이에요.
소나무만
특별한가 봐요.

2024. 10. 7

모두 가을 단풍에 눈길 줄 때
여전히 푸른 소나무 잎을 알아봐 준 귀한 눈. 다 람 쥐

오늘 아침밥

이하민

오늘 아침에
반숙을 먹었다.

근데
내가 너무 늦게
일어나서
계란이 화난것
같았다.

부산 호암초 1학년 이하민

단풍과 구름

수원 오현초 1학년 이하늬

마지막 단풍잎이 똑! 떨어졌어요.

그 단풍잎이 날아

구름한테 톡! 떨어졌어요.

구름이 단풍을 감쌌어요.

그러고는 곧 싸늘해졌어요.

겨울맞이를 하는 것이지요.

2023. 11. 20

싸늘한 구름이 짠! 하고 걷힐 때

뽕! 새싹과 함께 또 봄이 찾아오겠지? 올 챙 이 발 가 락

계절

수원 오현초 1학년 권라경

애들아 너희들 계절,

을 알지 맞아 봄 여름 가을 겨울이야

봄에는 벚꽃이펴 벚꽃이 우리애

머리로 떨어지면 머리띠 가태

우리는 전혀 몰라 우리애 머리애

떠러진 벚꽃만 알아 다음은 여름이야

여름애는 매미도 있어 매미가 매매울면

꼭 음악가가 연주를 하는 것 같아

여름에 음악이 듣고 싶프면

매미를 부르면 대 다음은 가을이야

단풍잎이랑 은행잎을 발부며

그개 꼭 과자를 먹는 소리 같아

다음은 겨울이야 겨울에는 눈이와

눈을 만지려면 장갑을

껴야 해

외냐면 너무 추우니까

2023. 11. 24

라경이가 초대하는 봄, 여름, 가을, 겨울 여행 올 챙 이 발 가 락

나무
홍성 홍남초 6학년 정은수

산에 올라 주변을 보니
예쁜 아파트가 보였다.

하지만 나는
내 앞에 있는 나무 한 그루가
저 아파트만큼 예뻐 보였다.

2024. 11. 11

그 나무도 은수가 예뻐 보였을 거야. 풍 뎅 이

시간
원주 솔샘초 1학년 이기주

급식 먹고 축구를 하면
5분밖에 안 된 거 같은데
시간이 다 돼 있다.

아침부터 게임을 했는데
게임에서 눈을 떼면
밤이 돼 있다.

2023. 10

올챙이 발가락 읽는 시간은 빨리 가, 더디 가? 밤 송 이

지네

속초 대포초 4학년 배준영

땅콩밭에 지네가 간다.
더듬이를 까닥까닥
다리를 헐죽헐죽
이 땅의 주인인 것처럼
당당하게 기어간다.
쿵쿵
떵떵
스르르르
"으악!"
살려줘.

2024. 10. 11

장난기 어린 눈. 이런 눈으로 바라보면 둘레에 웃을 거리가 가득하겠지.
친구도 재밌는 친구뿐이고, 헐죽헐죽 기어가는 지네도 독지네가 아닌
장난꾸러기 지네이고. 감 꽃

도마뱀
고양 덕은한강초 3학년 염호준

도마뱀을 할아버지가 잡았다고 했는데
도마뱀 꼬리다.
도마뱀이 꼬리만 놔두고 튀었다.
그래도 도마뱀 꼬리는 살랑살랑거렸다.
근데 징그러운 것 같기도 하고
귀여운 것 같기도 하고
모르겠다.
그리고 잠시 후
꼬리가 활동을 멈췄다.
도마뱀이 나 보라고
놔둔 것 같다.

2024. 10. 18

살랑거리다 멈춘 도마뱀 꼬리.
놓치면 그만인 순간.
그 순간을 붙든 나. 다 람 쥐

우리 어때요

앉으래도
안 앉고

김수정

경청과 멍청

익산 이리동산초 3학년 오하린

반에서 친구가 선생님이 말한 걸
또 물어본다. 그래서 다른 친구가
"경청, 저기 써 있네. 경청, 경청!"
했다. 그러니 다른 친구가
"멍청?" 했다. 반 애들이 웃었다.

2024. 11. 8

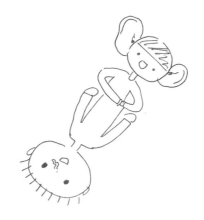

멍청과 경청이 이리도 가까웠다니! 살 구

괜한 기대

대전배울초 6학년 한지민

선생님이 우리 반 어떤 애 시가
올챙이 발가락에 실렸다고 했다.
나는 마음속으로
'혹시 난가?' 했다.
택도 없었다
내 이름은 나오지 않았다.
괜한 기대를 했다.

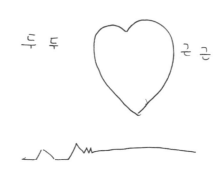

2024. 6. 26

혹시나 하는 설렌 마음에 기쁜 마음으로 답해.
기대하는 마음 고마워. 시 쓰는 모습 응원해. 빗 방 울

돈
부산 호암초 3학년 서지호

설날에
돈을 10만 원 받았다.
예!
놀면서 쓰려고 하는데
엄마가
"너 나이엔 쓸 거 아니야."
하면서 통장에 넣는다.
안 돼! 내 돈.

2024. 11. 13

지호야! 나는 통장 안에서 잘 있어! 우리 꼭 다시 만나! 세 뱃 돈

알약

부천신흥초 3학년 주미정

난 오늘 처음으로
여러 개의 알약을 먹었다.
처음에는
많이 떨렸다.
그런데 먹어보니
아무것도 아니었다.
이제 알약 먹는 건
아무 일도 아니다.

2024. 9. 3

해 보기 전엔 큰일, 해내고 보니 대단한 일! 올챙이 발가락

학교 가기 싫다
전주문학초 2학년 이하람

오늘은 학교 가기 싫었다. 왜냐하면,
잠잘 때 새벽 3시에 재채기를 했기 때문이다.
왜 재채기를 했냐면
비염 때문이다.
겨울이 다가올수록
비염이 점점 더
심해지는 것 같다.
앞으로 계속 새벽에 깨면 어떡하지
정말 걱정이다.

2024. 10. 31

아휴, 그럴 땐 정말 코를 떼 버리고 싶지? 홍 파 리

시험
전주인후초 5학년 양한울

시험 보기 1분 전
친구들은 긴장이 되는지
심호흡을 한다.
나도 긴장되어
눈을 꼭 감는다.

시험 보기 전 그 고요한 분위기, 친구들 숨소리까지 들린다. 홍 파 리

언니 파이팅!
부산 호암초 3학년 양서진

우리 언니
오늘 중간고사
공부 열심히 했으니까
잘할 수 있겠지?
어제는 편의점에서
삼각김밥 먹고
바로 공부하러
집 안 오고
스터디카페 갔다.
이렇게 열심히 하는데
시험 못 치면 슬프겠지?
언니 파이팅!

2024. 10. 22

시험 기간 언니가 무엇을 먹고, 어디서 공부하고,
어떻게 애쓰고 있는지 다 알고 있다.
말없이 지켜봐 주는 일이 가장 든든한 응원이다. 노 랑 애 벌 레

내 힘든 삶

수원 오현초 5학년 이주혁

나 너무 사는 게 힘들다.
학교에서 공부하는 것도
학원에서 공부하는 것도
너무 힘들다.
    물론 살면서 힘든 것만
    있는 건 아니지만
    내 삶은 힘들다.
    물론 어른들은 11년밖에 안 살았으면서
    뭐가 힘드냐 하지만
    난 힘들다.

2024. 4. 1

힘들면 나한테 기대, 토닥토닥. 올 챙 이 발 가 락

영차
영차

김수정

컴퍼스

익산 이리동산초 3학년 이승아

오늘 4교시에 수학을 했다.

원을 배운다.

컴퍼스를 사용해 원을 그린다.

학원에서 많이 해 봐서 잘될 줄 알았는데

안 된다.

계속한다.

또 한다.

또또 한다.

원 그리는 동안 저절로 숨이 참아진다.

드디어 됐다.

나오는 깊은 한숨

역시 노력은 배신하지 않는다.

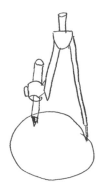

2024. 9. 30

계속하고, 또 하고, 또또 하고.
절로 참아진 숨을 모아 동그라미 채워 낸다.
'드디어'가 참 잘 어울리는 순간이다. 살 구

요즘 붕어빵
전주인후초 5학년 강건우

옛날 붕어빵은 커가지고
머리부터 먹을까
꼬리부터 먹을까
고민했는데
요즘 붕어빵은 한 입이여 가지고
서운하다.
요즘 붕어빵은 붕어빵이 아니라
금붕어 빵이다.
아, 옛날 붕어빵이 그립다.

2024. 10. 20

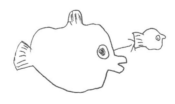

붕어빵이 작아진 걸까, 건우 입이 커진 걸까? 홍 파 리

가래떡

전주조촌초 2학년 김시후

가래떡은

쫀득쫀득하고

말랑말랑하고

한 입 먹으면 멈출 수 없다.

이젠 11이라는 숫자도

가래떡으로 보인다!

2024. 11. 11

기다란 젓가락도, 길고 긴 전봇대도,
튼튼한 책상 다리도, 쭉쭉 뻗은 은행나무도
온 세상이 가래떡이네. 꿀꺽! 살 구

모두가 부자인 세상
거창 창동초 3학년 박준현

난 세상 사람이
부자이면
좋겠다.

그러면
거지인 사람도
없고
힘들게
일할 필요도 없고
일할 때
다치는 것도
없어지고.

2024. 6. 17

그래. 우리 다 같이 행복한 세상이면 좋겠다. 조 약 돌

직업

김해 구봉초 6학년 오준휘

나는 커서 하고 싶은 직업이 있다.
그 직업은 바로 낭만 있는 버스 기사다.
딱 낭만 있게
코요테 논스톱 리믹스 틀어주고
친구들 태워서 놀고
커서 버스나 탈란다.
돈도 뭐 하루 세끼 먹을 수 있을 거 같다.
밥만 든든하게 먹으면 어디에서든지 살아남는다.
버스 기사 하면서 하고 싶은 거 다 못 해도
밥이라도 든든하게 먹고 싶다.

2022. 9. 13

"기사님, 낭만을 싣고 가는 그 버스, 저도 태워 주세요." 조 약 돌

공사 아저씨

부산 알로이시오초 3학년 서은재

찬바람이 불어서 몸이 오그라드는데

학교 운동장에서 아저씨가 일을 하고 있다.

불로 단단한 쇠를 태우고 있다.

불이 아저씨한테 다 튀어도 계속한다.

아저씨 이마에 땀방울이 많이 있다.

그래도 쉬지 않고 한다.

정말 끈기가 있다.

아저씨 덕분에

학교 공사가 잘될 것 같다.

2018. 11. 21

은재 덕분에 아저씨가 힘 날 것 같다. 올 챙 이 발 가 락

잃어버린 퍼즐 조각
대전호수초 4학년 강유이

300개 퍼즐 조각
한 개만 없어도 완성이 안 돼.
야, 던지지 마! 야, 야!
한 개가 없어지면 예쁜 퍼즐이 못생겨져.

300개가 다 있어야 하는데
요놈들이 다 가만히 있으려나?
아니지.
한 개쯤은 도망가고 있겠지?
저기, 저 멀리로
집 밖으로
지구 밖으로
우주 밖으로

너네는 우주 가서 숨 쉴 수 있지?
그러니까 자꾸 우주까지 나가는 거지?

2024. 6. 30

우주 밖으로 나가 숨 쉬는 퍼즐 한 조각, 재잘재잘 수다 떠는
양말 한 짝들, 신나게 여행하는 지우개와 연필. 사라진 내 동무들,
다들 잘 지내지? 빗 방 울

우리 어때요

김수정

선생님
받아랏!

외할머니 좋아

양산 평산초 5학년 문기정

우리 가족과
외할머니 집에 갔는데
할머니랑 나랑
눈이 마주쳐올 때
할머니가
주름진 무지개 눈으로
날 본다.
입은
귀에 달려 있다.
안으라는 듯이
반겨주었다.
나는 할머니한테 가서
꼭 안아주었다.

2024. 11. 11

아무 말 안 해도 다 알 수 있는 사이에서 오갈 건 따스한 웃음과 넉넉한 품뿐.
웃으면 안아 주고, 팔 벌리면 안기고, 더 이상 무슨 말이 필요하겠나. 살 구

미워하는 사람 마음이 제일 힘들어

양산 평산초 5학년 문하람

오늘 태권도 마치고

즐겁게 집에 왔다.

엄마, 아빠! 다녀왔습니다!

엄마, 혹시 기분 안 좋아?

엄마가 무슨 일인지

차근차근 설명해 줬다.

아빠가 회식을 하고

술에 취해서

우리 아파트 일 층 길바닥에서

딩굴딩굴 굴렀다 했다.

엄마, 근데 어떻게 알았어?

야, 밖에서 소리 지르는 거 다 들리더라.

내가 생각해도 아주 심하다.

근데 엄마, 내가

선생님한테 들었는데

미워하는 사람이

미움받는 사람보다 더 힘들대.

한 번 봐줘.

엄마가 나를 꼭 안아준다.

한참 안아준다.

2024. 10. 29

"엄마, 나 안아 준 것처럼 아빠도 한 번 봐줘." 올 챙 이 발 가 락

도시락

부산 호암초 3학년 김가빈

현장체험학습날

아침 7시 엄마가 싸준 도시락

정성의 계란지단, 오이, 우엉, 단무지, 햄 들어간 김밥과

김치, 단무지, 너겟이 들어간 반찬통

키위, 바나나, 사과가 들어간 과일통

치킨팝과 감자깡과 마이쮸가 들어간 후식통

먹으면 감동해서 눈물 날 것 같다.

2024. 11. 1

내 눈앞에 펼쳐지는 수많은 모습 가운데 뭔가를 본다는 일은 대단한 일,
내 마음을 쏟아야만 하는 엄청난 일이다. 엄마가 싸 준 도시락 하나하나
살펴보는 눈에 담긴 마음이 느껴진다. 노 랑 애 벌 레

고릴라 새끼들

속초 대포초 4학년 김하루

오늘 아침 버스에서
새도연과 나는 눈이 딱 맞았어.
마음이 딱딱 맞았어.
하는 말마다 다 똑같다.
갑자기 기분이 좋아졌어.
아침에 나랑 엄마랑 의견이 안 맞아서
엄마가 고릴라로 변했는데
새도연 엄마도 고릴라였대.
새도연이랑 나는 마음이 딱딱 맞아.

2024. 10. 15

세상에 서러운 사람이 나 말고도 있다는 것, 바로 곁에 있다는 것, 얼마나
위안이 될까. 서로 위로하면서 힘을 내기 바람. 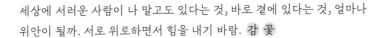 감 꽃

민들레

익산 이리동산초 3학년 노아율

삼촌을
만나고 왔다. 눈에서
눈물이 떨어진다.
밖에서 울고 있는데
민들레가 날아왔다.
민들레가 내 손에 떨어졌다.
삼촌이 돌아온 건가?
엄마가 삼촌을 날려주라고 했다.
삼촌이 날아갔다. 삼촌 꼭 좋은데
가서 나랑 다시 만나자.
사랑해.

2024. 11. 4

삼촌이 가기 전에 아율이 손 꼬옥 잡아 주고 싶으셨나 봐. 조 약 돌

40

교내 티볼 대회를 치르며

문예원 수원 오현초 교사

우리 학교 5, 6학년 학생들은 1학기에는 체육 전담 선생님과
발야구와 티볼을 배우고 2학기에는 연맹전(경기에 참가한 모든
팀이 서로 한 번 이상 겨루어 가장 많이 이긴 팀이 우승하게
되는)을 펼친다. 드디어 그때가 왔고 우리 반도 다른 반과 겨루는
경기에 나가게 되었다.

　우리 반에는 학교 대표팀 선수도 많지 않고 내로라하는
선수가 있는 것도 아니어서 아이들은 처음부터 '그리 기대하지
않는다' 하면서도 옆 반 동무들이 너희 반 별 볼 일 없다고
놀리자 무척 속상해했다. 절망하지 말고 우리가 할 수 있는 걸
하자, 아이들을 달래고 여러 번 연습했다. 기본 경기 규칙을 잘
이해하지 못하는 친구들이 많아 영상을 찾아보면서 다시 익히고
공 주고 받기 연습부터 배트로 공 치는 연습, 포지션 정하는
회의도 여러 번 했다. 경기를 치르는 것이 참 쉽지 않겠구나,
생각하면서 아이들이 혹여나 마음 다치고 힘이 빠질까 봐 나도
마음이 조마조마했다.

　연습 경기에서는 뜻밖에 연속으로 이겨서 한껏 들뜬 적도
있었는데 본 경기가 시작되자 우리 반은 다른 반과 실력 차이가

41

벌어졌다. 결국 모든 경기에 져서 돌아왔다. 경기를 치를 때마다 아이들은 흥분한 마음, 벅찬 마음, 울적한 마음, 탓하는 마음, 의기소침한 마음, 자책하는 마음, 의기양양한 마음, 희망찬 마음, 부러운 마음, 절망하는 마음처럼 수없이 많은 감정이 소용돌이치는 듯했다. 그 많은 마음속을 헤매면서도 아이들은 끝까지 경기를 치르고 자기 자리를 지켜 냈다.

연이어서 진 끝에 우승 후보 팀과 마지막 경기를 하던 날, 또 질 것 같은 예감을 느끼면서도 무거운 발걸음을 떼며 운동장을 향하던 아이들 모습이 잊히지 않는다. 마음도 무거운데 비까지 부슬부슬 내리고 그 순간을 버티기가 너무 힘들었는지 민재는 갑자기 다리가 아프다고 말했지만, 혹시나 다른 친구들도 경기에 나가고 싶지 않다고 할까 봐 쉬라는 말도 못 했다.

아픈 다리를 이끌며 간신히 경기를 끝내고 돌아온 아이들은 바닥이 꺼질 듯 풀이 죽었고 우리는 함께 시 쓰기를 했다. 이 경험이 우리에게 남긴 것은 뭘까, 진다는 것은 뭘까, 이야기 나누고 서로를 토닥여 주었다. 그동안 우리를 뒤흔들고 쉴 새 없이 차올랐던 수많은 감정을 그렇게 흘려보내며 또 한 뼘 자라나는 순간이 아이들 시에 그대로 담겼다.

티볼 경기 김규민
오늘 티볼 마지막 경기를 치렀다.
근데 처음엔 이기고 있었는데
마지막에 3점 차이로 졌다.

그래도 잘했다.
오늘이 우리 반 최고로
잘했다.

티볼 경기 오지아
두근두근 티볼 경기가 시작되고
응원 시작. 하지만
첫판 패, 4번 연속 패다.
그래도 난 졌지만
왜일까? 그래도 속이 후련하다.

끝난 티볼 대회 박성하
티볼 대회가 끝났다.
우리 반은 4연패를 했다.
다 졌지만 나는 괜찮았다.
재미있게 했으면 된 거니까
나는 슬프긴 하지만
즐거웠다.
그래도 4연패는
슬프다.

괜찮아 진현호
오늘 티볼을 했다.

근데 졌다.
그때 "괜찮아"
져도 "괜찮아"
아웃돼도 "괜찮아"
여기저기 위로의 소리.

마지막으로 김건희
드디어 마지막 경기,
마지막으로 우리는 경기를 했다.
마지막으로 우리의 힘을 쥐어짜서 있는
힘껏 배트를 쳤다.
마지막으로 공격과 수비를 했다.
그랬으면 된 거다.
마지막으로 우리 모두 열심히
하면 된 거니까.

진다는 것 문예원
오늘 티볼 경기가 끝났다.
우리 반은 한 번도 못 이겼다.
연습경기에서 이겨서 본경기도 이길 줄 알았는데
오늘 내리는 비처럼 시원하게 졌다. 4연패.

사실 우리는 처음부터 알고 있었다.

이기기 힘들다는 것을.

그럼에도 불구하고
떨리는 손으로 배트를 잡고
쉽게 떨어지지 않는 걸음을 달리고
날아오는 공을 향해 손을 뻗고
남은 힘 다해 목청껏 응원을 외쳤던 그 모든 순간
그 순간을 견뎌낸다는 것이 얼마나 어려운 일인가?
이기고 있을 땐 그리 어렵지 않은 일이었을 것이기에.

그러므로 희한하게도
진다는 것이 곧 이긴다는 것.

끝까지 그 자리를 지켜낸 우리는
오늘 모두 이겼다. 2024. 10. 18

여러분의 이야기를 기다립니다

〈올챙이 발가락〉은 아이들에게 아이들의 시를 돌려주자는
마음으로 만든 계간지입니다. 아이들이 행복한 세상이
우리 모두가 행복한 세상이라고 생각합니다. 우리 아이들이
자기 이야기를 스스럼없이 할 수 있고, 그 이야기가 노래가 되고
시가 되어 곳곳에서 울려 퍼지기를 바랍니다.
아이들이 쓴 시나 그림 그리고 아이들과 함께 행복했던 순간을
담은 사진들을 보내 주시면 잡지에 싣겠습니다.
아이들 시나 그림, 사진에는 그 순간을 함께 느낄 수 있는
짧은 글을 써서 보내 주시면 고맙겠습니다.
〈올챙이 발가락〉은 이윤을 좇는 잡지가 아니라 어린이시를
함께 나누는 데 뜻을 두고 만든 잡지라 원고료를 따로 드릴 수는
없습니다.

원고 보내실 곳 cafe.daum.net/ollack '아이들 시'
　　　　　전화 김구민 010 - 2474 - 4750

올챙이 발가락을 보고 싶은가요?

〈올챙이 발가락〉을 보고 싶은가요?

〈올챙이 발가락〉은 1년에 네 번 펴내는 어린이시 잡지입니다.

책을 만드는 데 드는 제작비와 우편료만 생각해서

책값을 매겼습니다. 〈올챙이 발가락〉은 여러분이

보내 주시는 회비로 만듭니다.

많은 분이 함께해 주시면 고맙겠습니다.

이윤이 남으면 모두 어린이를 위해 쓰겠습니다.

함께 보면 좋겠다는 마음이 드신다면 교실이나 학교,

동네 도서관에서도 볼 수 있게 신청해 주세요.

구독 신청하실 때는 아래 전화번호로 이름과 주소,

전화번호를 문자로 보내고 입금하시면 됩니다.

동네나 인터넷 서점에서 낱권으로 살 수도 있습니다.

    전화　김수정　010 - 2868 - 1254

  계좌 번호　국민은행　275601 - 04 - 425567

  사단법인　한국글쓰기교육연구회

1년 구독료　12,000원

  단체 구매　양철북 02 - 335 - 6407

정기구독신청서

올챙이 발가락

2024 겨울호

발행일 • 2024년 12월 10일

편집주간 • 김구민

편집 • 김명중 김수정 김태희 석가영 이아람 이혜숙 제정희 홍은영

글과 그림 보내 주신 분 • 강남식 공수민 김구민 김명중 김선화 김수정 문예원

　박남희 박선미 박선애 석가영 이길화 이아람 이정호 이지연 장다정 제정희

　최정승 탁동철 홍은영

표지 그림 • 김태양 어린이

펴낸이 • 조재은

디자인 • 서옥

펴낸곳 • ㈜양철북출판사

등록 • 제25100-2002-380호(2001년 11월 21일)

주소 • 서울시 영등포구 양산로91 리드원센터 1303호

전화 • 02-335-6407

팩스 • 0505-335-6408

카페 • cafe.daum.net/ollack

ISBN • 978-89-6372-927-5 73800

값 • 3,000원

~~~~~~~~~~~~~~~~~~~~~~~~~~~~~~~~

어린이제품 안전특별법에 의한 기타표시사항

품명 • 아동 도서

제조자명 • ㈜양철북출판사

제조국명 • 대한민국

사용연령 • 8세 이상